PARADOXES

LITTERAIRES

PARADOXES LITTERAIRES

Au sujet de la Tragedie

D'INES DE CASTRO.

Le prix est de 23. sols.

A PARIS,

Chez NOEL PISSOT, Quay des Augustins, à la
descente du Pont-neuf, à la Croix d'Or.

M. DCCXXIII.

AVEC APPROBATION ET PRIVILEGE DU ROY.

PARADOXES
LITTERAIRES

Au sujet de la Tragedie

D'INÉS DE CASTRO.

Out le monde sçait que le *Paradoxe* est une proposition extraordinaire & contraire au sentiment commun des hommes, à laquelle on prête certaines couleurs qui la rendent vraisemblable. Le faux, comme le vray, est du ressort du Paradoxe ; mais plus souvent le faux. Quand on dit à un homme qu'il avance un Paradoxe, c'est comme si on lui disoit que son sentiment étant opposé à l'opinion commune, est en même-tems opposé à la verité.

J'ai donc eu raison d'appeller *Paradoxes* les choses que je vais dire, puisqu'elles sont non seulement très-peu conformes à l'opinion du Public, mais que je les juge moi-même très-fausses. Que si pourtant quelqu'un par hazard les trouve vraies, je déclare que c'est contre mon intention que cet accident ar-

A

rivera. La méprife fera fur le compte du Lecteur &
non fur le mien. Je ne prétends point que les ré-
flexions fuivantes foient jugées vraies, mais feu-
lement un peu vraifemblables. Il y a une efpece de
plaifir à mafquer l'erreur & à imiter le vrai. C'a
été mon feul but. Les quatre Paradoxes Litteraires
que je vais avancer, regardent la Tragedie d'*Inés de
Caftro*, eftimée avec raifon, & que je ferois au dé-
fefpoir d'avilir, n'étant point du tout Satyrique.

PREMIER PARADOXE.

*La Tragedie d'Inés de Caftro peche contre
les mœurs & contre la vraifemblance.*

1°. IL n'eft point *dans nos voyes*, pour parler un
langage à la mode, d'aimer tendrement &
tranquillement qui nous hait. L'amour fe tourne
alors en haine, pour ne pas dire en rage & en phré-
néfie. *Lafus amor fit furor.* Quand une jolie femme aime un homme, dont elle fe voit toujours de-
daignée, quelque chofe qu'elle faffe pour lui in-
fpirer de la tendreffe, fon amour devient bien-tôt
la mefure de fa haine. *Spretus amor menfura odii.*
Il faut qu'elle fe gueriffe ou qu'elle fe vange. Voilà
le cœur humain, & telle eft la mécanique de la
femme. S'il y en a quelqu'une faite autrement, on
ne l'a point encore connuë. Parcourez tous les Roïau-
mes de la terre & toutes les hiftoires du monde,
vous ne verrez rien qui reffemble à la Princeffe
Conftance de Mr. de la Motte ; c'eft une heroïne
chimerique, & un vrai phantome. J'ofe dire même

qu'une femme de ce caractere, s'il étoit possible, seroit une sotte & une imbecille.

Constance sçait que D. Pedre qu'elle aime éperdument ne la peut souffrir, malgré sa haute naissance & son extrême beauté. Il lui préfere, non pas une autre Princesse, mais une simple Fille-d'honneur, une Demoiselle-suivante. Peut-on voir un mépris plus piquant ? Cependant nul ressentiment dans le cœur de cette Princesse amoureuse ; nulle envie d'en tirer vengeance ; ce n'est point une victoire qu'elle remporte sur elle-même par un effort de raison & de vertu. Elle n'est pas même tentée de se fâcher. Quel caractere !

> Objet infortuné de ses tristes tiedeurs,
> Je devore en secret mes soupirs & mes pleurs.

Ces deux vers sont très-beaux & le sentiment qu'ils expriment le seroit aussi, s'il étoit dans la nature. Alphonse qui a du bon sens a-t-il tort de se persuader que Constance n'aime point son fils ? mais il se trompe néanmoins. La Princesse n'est point faite comme toutes les autres femmes, que ce vieux Roi a vûes.

> Tout renfermé qu'il est, l'excès de mon amour
> Me promet le bonheur de l'attendrir un jour.

On peut bien s'écrier ici : *que cette Dame est bonne !*

Tout le monde sçait que des deux grands Maîtres de la Scene, Corneille & Racine ; l'un a représenté les hommes tels qu'ils sont, & l'autre tels qu'ils devroient être. M. D. L. M. a peut-être pris Corneille pour modele en cette Tragedie, & s'est mis peu en peine de faire des portraits ressemblans, pourvu qu'ils représentassent le grand courage & la haute vertu. Mais il s'est trompé. Il n'y a point de femme qui reſſemble ni qui doive reſſembler à Conſtance. Sa bétiſe eſt trop groſſiere, & ſon amour trop plat. Si elle avoit tant ſoit peu de délicateſſe & de cœur, ne ſeroit-elle pas ſenſible à l'affront ignominieux qu'elle reçoit ? N'en feroit-elle pas des reproches à celui qu'elle aime ? Sa rivale, qu'elle connoît pour telle, ſeroit-elle ſon amie, comme il paroît ? En verité la froideur de Conſtance doit faire penſer à D. Pedre qu'il n'en eſt pas fort aimé, ou que c'eſt une femme ſans eſprit & ſans cœur, & dont l'amour eſt à la glace.

Ce rôle de Conſtance eſt donc un caractere abſolument faux & contraire aux mœurs & à la vraiſemblance. Auſſi a-t-il paru qu'il ne plaiſoit gueres à l'excellente Actrice qui le repréſentoit. Il y a une veritable contradiction entre aimer, & entre agir & penſer à la maniere de Conſtance.

Il me ſemble avoir trouvé la raiſon pour laquelle M. D. L. M. a imaginé ce caractere bizarre. Corneille a repréſenté les hommes tels qu'ils doivent être, Racine, tels qu'ils ſont. L'Auteur d'*Inés* qui ſeroit fâché de paſſer pour leur Imitateur, qui aime le *neuf*, & qui ſe plaît à *créer*, a pris un chemin different. Il a repréſenté les hommes tels qu'ils ne ſont point, & tels qu'ils ne doivent point être. Cela eſt hardi ; mais * *point de nouveauté ſans hardieſſe.* Les remarques ſuivantes, auſſi bien que les reflexions que chacun pourra faire ſur *Romulus* & ſur *les Machabées* convaincront le Lecteur, que j'ai découvert l'ingenieux ſyſtême de M. D. L. M.

1°. Il eſt contre les mœurs qu'un pere condamne ſon fils à la mort, ſans examiner à fond toutes les raiſons qui peuvent le juſtifier & le ſauver. Il y a de l'injuſtice, de la ferocité & de la barba-

* Preface d'*Inés.*

rie , à en uſer autrement. M. D. L. M. nous repré-
ſente Alphonſe , comme un Prince ſage & moderé ,
& comme un pere tendre. Comment donc ſe porte-
t-il à des excés ſi horribles ? Il menace ſon fils des
plus grands châtimens, avant même qu'il ſe ſoit ré-
volté, & ſeulement parce qu'il ne lui obéir pas au
ſujet du mariage.

Et bien-tôt le rebelle effaceroit le fils.

D. Pedre prend les armes pour ſauver *Inés*. Le cas
devient ſerieux , mais D. Pedre les met bas à la
vûe de ſon pere, qu'il aime & qu'il reſpecte. Ce pere tendre qui devroit ſur le champ lui pardonner ,
ou ſe contenter de le punir paternellement , prend
la réſolution de le faire mourir. Il aſſemble ſon conſeil. Mais ce n'eſt que pour la forme ; car il eſt d'a-
vance determiné à lui faire perdre la vie. Voyez la
premiere Scene du 4ᵉ. Acte , où Alphonſe parle
ainſi.

Au mépris de mon rang ne veux-je être que Pere ?
Ah ! ce nom doit ceder au nom ſacré des Rois ,
Quittons le Diadême, ou vangeons-en les droits ,
En pleurant le coupable , ordonnons le ſupplice ,
Effraions mes ſujets le toute ma juſtice.

Ne ſoiez donc point ſurpris de ce qui ſe paſſe
dans la ſuite au conſeil. Alphonſe eſt un Pere bon
& tendre : quelle contradiction ! Ne vous imaginez
pas que dans le fond il ſoit fort perſuadé que ſon
fils merite la mort , à cauſe de ſa révolte. Point du
tout, ce n'eſt qu'à cauſe du mariage auquel il ne
veut point conſentir. S'il veut obéir à ſon pere ſur
cet article, ſa révolte n'eſt rien , & on la lui pardonne ; cela eſt manifeſte par la 2ᵉ. Scene du 4ᵉ.
Acte où le Roi dit à D. Pedre après ſa révolte ,

dégagez ma promesse

Il faut aujourd'hui même épouser la Princesse ;
Et si vous refusez ce nœud trop attendu
J'en mourrai de douleur, mais vous êtes perdu.

Je t'offre la vie, ajoute Alphonse ; *que faut-il*, répond D. Pedre, *obéir*, replique le Roi. Il est clair que le motif seul qui empêche le Roi de pardonner à son fils, est la résistance à sa volonté. Voilà le crime capital dont il s'agit, & qui lui attire la condamnation à la mort.

Cependant le conseil s'assemble. Le Roi seroit fort fâché de voir les Conseillers conclure au pardon. Rodrigue ouvre son avis qui est pour justifier D. Pedre. Alphonse le contredit ; il est Juge, & tout ensemble Avocat contre son fils. Il répond à Rodrigue,

Je reconnois mon sang ; cet effort magnanime
Même, *en vous abusant*, est bien digne d'estime.

C'est-à-dire ; vous vous abusez, vous vous trompez de vouloir sauver mon fils ; il merite la mort. Henrique parle ensuite. Son avis doit bien plaire au Roi, car il opine bravement à la mort. Jusqu'ici les opinions sont partagées ; il faut donc voir quel sera l'avis des deux autres ; mais la chose n'en vaut pas la peine, on devine leur pensée ; ils pleurent ; c'en est assez. Eh quoi ! ne pouvoient-ils pas laisser couler quelques larmes, sans pour cela être de l'avis de Henrique ? Le danger où étoit un si grand Prince, la punition qu'ils pouvoient croire qu'il meritoit, (mais non pas pourtant la mort,) la douleur de voir que le fils du Monarque avoit commis une si grande faute, la démarche du Roi, & la délibération seule, tout cela n'étoit-il pas un sujet bien digne de larmes ?

D'ailleurs puisque les pleurs des Juges sont pour Alphonse de veritables conclusions à la mort, il lui étoit tout-à-fait inutile d'aller aux voix : car avant que d'être assis, tous les Conseillers pleuroient déja. Alphonse dit :

Que chacun prenne place ; helas ! à mes allarmes
Je vois que tous les yeux donnent déja des larmes.

Quoiqu'il en soit, il n'y a que deux Juges qui opinent, l'avis des deux Conseillers muets est incertain, & ne sçauroit être compté. Par consequent les voix sont égales pour la mort & pour la grace. Il faut donc chercher un compartiteur. Mais il n'est pas besoin de l'aller chercher bien loin. C'est Alphonse, ce pere tendre, ce Prince prudent & sage qui fait pancher brusquement la balance, & qui se dépêche de prononcer l'horrible arrest de la mort de son fils. Et en cela il juge contre sa conscience, persuadé qu'il est, comme je l'ai fait voir, que son fils ne merite point de mourir pour avoir pris les armes, mais seulement pour ne vouloir pas épouser Constance. Jugement inique, s'il en fût jamais ; car un pere peut-il faire mourir son fils, parce qu'il ne lui obéit pas, & qu'il refuse d'accepter l'épouse qu'il lui destine ?

3°. Il est contre la vraisemblance que dans le peril où est Inés au premier Acte, elle ne prenne point la résolution de se cacher. D. Pedre n'avoit qu'à lui assurer une retraite hors du Royaume ; il auroit alors impunément rejetté toutes les propositions importunes de mariage. Cependant elle demeure à la Cour ; de peur, dit-elle, qu'on ne découvre ses amours. En effet le lieu est très-propre à les cacher. D. Pedre aprouve sa raison toute mauvaise qu'elle est ; il exhorte Inés à une gran-

de diſcretion, & à bien diſſimuler leur commerce
amoureux. Mais qui l'auroit cru ? c'eſt D. Pedre
lui-même, qui va en étourdi un moment après
découvrir le myſtere & avoüer tout. Scene 3ᵉ. Acte 2ᵉ.

Ne déſavoüiez point, Inés, que je vous aime,
Seigneur, loin d'en rougir, j'en fais gloire moi-même.

A quoi Alphonſe répond noblement,
. . . . Taiſez-vous.
Il avoit raiſon de dire à D. Pedre de ſe taire; car
il parloit alors fort indiſcretement.

4°. Pourquoi l'Ambaſſadeur de Caſtille qui dit
de ſi belles choſes à la Scene 2ᵉ. du 1ᵉʳ. Acte diſ-
paroit-il tout à coup, pour ne plus revenir ? On
n'eſt point accoutumé à voir ſur le Théatre des
perſonnages un peu importans s'éclipſer ainſi; on
veut qu'ils tiennent leur rang juſqu'à la fin, on
n'aime point à faire connoiſſance avec eux pour
un moment; quand ils quittent la Scene, on compte qu'on les reverra, & on eſt fâché de voir que
ce ne ſont que des *Paſſevolants*.

N'eſt il pas contre l'uſage des Nations & contre
la politique des Princes, qu'un Ambaſſadeur ſouf-
fre qu'on le renvoie chez lui avant la célébration
d'un mariage pour lequel il eſt deputé par ſon Maître ? Ne doit-il pas hâter ce mariage, & en être le
témoin ? Pourquoi donc le Roi Alphonſe, après
avoir entendu la harangue de l'Ambaſſadeur de Caſtille & l'avoir aſſuré, que dès ce jour-là même le
mariage de D. Pedre & de Conſtance ſeroit accom-
pli, dit-il à l'Ambaſſadeur de s'en aller...

Allez : de mes deſſeins inſtruiſez la Caſtille;
Faites ſçavoir au Roi cet hymen triomphant,
Dont je vais couronner les exploits de l'infant.

Vous me repondrez : l'Ambassadeur n'a ordre que de complimenter le Roi de Portugal sur les victoires de son fils ; à l'égard du mariage de la Princesse Constance, la Cour de Castille s'en soucie peu, & ne daigne pas charger son Ambassadeur d'en parler au Roi Alphonse ; effectivement il ne lui en dit pas un mot. Je ne sçai après cela pourquoi ce mariage est regardé dans la suite de la piece, comme une chose à laquelle Ferdinand Roi de Castille s'interesse infiniment, & qui pourroit même être la cause d'une guerre sanglante entre les deux Rois ; par la harangue de l'Ambassadeur il ne paroît nullement que ce mariage soit une affaire d'Etat. Aussi ne pensez pas que Ferdinand Roi de Castille ait deputé pour cette Ambassade un homme habile, un fin Negociateur. Comme il ne s'agit que d'un simple compliment, il n'a eu besoin que d'un beau parleur, que d'un bon Rethoricien. On verra dans la suite que le Roi avoit assez mal choisi, & que cet Ambassadeur n'est qu'un diseur de *phœbus*, un précieux, un misérable Orateur.

Je ne sçai pourquoi cet Ambassadeur, (apparemment quelque échapé de Collége, qui sçait haranguer, & ne sçait point vivre), entre chez le Roi d'emblée, sans être annoncé. C'est le Roi lui-même qui l'annonce en le voiant, & qui le presente à la Reine.

Reine, de Ferdinand voici l'Ambassadeur.

Que de beviies ! que de méprises, que de fautes contre la bienseance en tout cela !

5°. M. D. L. M. suppose qu'il y a en Portugal une loi severe qui défend sous peine de la vie au beau sexe de séduire le cœur du Prince heritier de la Couronne. C'est sur cette loi qu'est fondée la Tragedie. On voit aifement que la loi eft de l'invention du Poëte, & on eft aufli très-éloigné de blâmer cette fuppofition, en la regardant précifement comme fuppofition. Mais fi perfonne n'a douté que cette loi ne fut une fiction poëtique, & fi ceux-même qui n'ont aucune teinture de l'hiftoire de Portugal, en ont ainfi jugé, fans craindre de fe tromper, il refulte de ce jugement naturel & general, que la loi eft très-mal imaginée. Car pourquoi tout le monde a-t-il deviné d'abord qu'elle étoit feinte? c'eft qu'elle a paru injufte & peu fenfée. N'eft-il pas en effet de la derniere injuftice, & en même-tems d'un ridicule achevé, qu'il en coute la vie à une jeune fille, pour avoir eu de quoi plaire à un jeune Prince? une belle perfonne peut-elle ne point paroître belle? Peut-elle étouffer les defirs d'un amant? & fi cet amant eft par malheur le fils du Roi, dépend-il d'elle de n'en être point recherchée? ce Prince, qui ne peut manquer d'être bien ferrvi dans fes amours, ne tâchera-t-il pas de tendre mille pieges à fa vertu? ce ne fera point alors la jeune fille qui aura feduit le Prince; c'eft le Prince même qui fera le feducteur. Et neanmoins dans ce cas la loi de M. D. L. M. condamne à la mort cette jeune perfonne, comme coupable du crime de leze-Majefté, pour s'être un un peu trop familiarifée avec le fang roial. L'heritier de la Couronne de Portugal étoit bien à plaindre de ne pouvoir rien obtenir de fa maîtreffe, fans l'expofer à perdre la vie fur un échaffaut. L'Auteur de cette loi barbare étoit-il un homme? connoiffoit-il la foibleffe naturelle d'une fille qui fe voit adorée par un Prince? avoit-il prévû, que ce Prince ardent combattroit la chafteté de fa maîtreffe, les armes à la main, comme D. Pedre, & feroit

voit à la belle Inés un *poignard* terrible ? ce sage
legiflateur eft M. D. L. M. Confucius, Solon, Li-
curgue, Numa, Juftinien n'ont point eu l'efprit de
faire des loix pareilles.

6°. Pourquoi Inés s'avife-t-elle fi tard de declarer
au Roi fon mariage & fes enfans ? c'eft qu'elle ne
croioit pas dans les quatre premiers Actes que cette
declaration put être d'une grande reffource. Elle s'i-
maginoit alors que le Roi fe moqueroit d'un Mariage clandeftin, qu'elle n'en paroîtroit à fes yeux
que plus coupable, que fes enfans feroient traitez
de bâtards ou d'enfans fuppofez. Voilà apparemment
pourquoi elle cachoit fi fort fon mariage. Mais heu-
reufement pour elle, elle penfe autrement au cinquié-
me Acte ; elle fent une infpiration fecrete, qui lui
dit, que, quand fon mariage fera declaré, le Roi la re-
gardera comme fa fille, & que puifque D. Pedre a
des enfans d'elle, il merite qu'on lui pardonne, apparemment à caufe du talent qu'il a de faire des
enfans. Voyez comment les moyens les plus foibles
ont fouvent un fuccès heureux. Qui auroit jamais
cru qu'Alphonfe, l'inflexible Alphonfe, qui eft refolu
de faire mourir fon fils unique, parce qu'il ne fe
marie pas à fon gré, qui doit haïr mortellement
Inés, comme la caufe fatale de la défobéiffance de
D. Pedre, que cet Alphonfe fe laiffe tout à coup fle-
chir, en apprenant que l'affaire eft faite, qu'Inés
eft l'époufe de fon fils, & qu'elle en a des enfans.
Alphonfe charmé de fe voir grand-pere oublie tout ;
lui avoir donné des petits-fils eft quelque chofe de
plus beau à fes yeux, que d'avoir dompté les Mau-
res, & foûmis les Africains. Il ne fe foucie point de
perdre fon fils, tandis qu'il le croit fans pofterité ;
mais dés qu'il voit qu'il a la puiffance d'engendrer,
ce feroit une trop grande perte à fon gré. La vuë

d'une petite famille naiſſante met le vieillard en bonne humeur. Il n'eſt plus queſtion ni de la Princeſſe
Conſtance, ni du Traité, ni de la rebellion de ſon fils;
ces enfans font plus d'impreſſion ſur l'eſprit du Roy,
que toutes les vertus heroïques de leur Pere. Ne
voilà-t-il pas ce qui s'appelle un grand Monarque, qui
ſoûtient admirablement le caractere de Politique,
de Sageſſe & de Force que l'Auteur lui donne dans
le cours de la piece ?

Il faut avoüer que ſelon l'idée de **M. D. L. M.** il
ſe fait quelquefois de grandes revolutions dans le
cœur humain. Alphonſe dans les premiers Actes de
la Piece, regarde avec horreur l'inclination que D.
Pedre a pour Inés. Le ſeul ſoupçon d'un mariage
ſecret le fait fremir , & fait ſortir de ſa bouche des
menaces terribles : voici comment il s'en explique
avec Inés, Acte 3. Scene 3.

> Que ſçai-je même encor , ſi plus impatient
> Au mépris de la Loi, peut-être l'oubliant ,
> Votre amour n'auroit point reglé ſa deſtinée ,
> Et bravé les dangers d'un ſecret hymenée ?

Inés répond ,
> O Ciel , que penſez-vous ?

Alphonſe replique ,
> Si jamais vous l'oſiez ,
> Si d'un nœud criminel je vous ſçavois liez , ,
> Temeraire, tremblez; n'eſperez point de grace ,
> L'opprobre & le ſuplice expiroient votre audace.

C'eſt neanmoins ce *ſecret hymenée* qui remet Inés en
grace au 5. Acte, & ſauve la vie à D. Pedre. C'eſt
ce *nœud criminel* dont l'idée paroît ſi affreuſe au
Roi, qui à la fin de la Piece le touchera, le fléchi-
ra, le charmera. O qu'il y a d'inconſtance dans l'eſprit de l'homme, & qu'il eſt utile d'en connoître

les bifarreries & les cont adictions , comme Monf.
D. L. M. On n'eft point alors efclave d'une exacti-
tude fcrupuleufe fur l'obfervation des caracteres.
On les change à fon gré, & d'un grand Roi qui
a paru fage, politique , mais dur & inflexible pendant le cours d'une piece , on en fait à la fin un
pere tendre & complaifant , un bon homme, un
vieillard foible , un Monarque bourgeois.

> Ma fille, levez-vous ; ces enfans que j'embraffe
> Me font déja goûter les fruits de votre grace ;
> Ils me font trop fentir que le fang a des droits
> Plus forts que les fermens, plus puiffans que les loix,
> Joüiffez déformais de toute ma tendreffe ,
> Aimez toujours ce fils, que mon amour vous laiffe.

Pourquoi Alphonfe n'a-t-il pas fenti plutôt *que
le fang a des droits*? Je n'en fçai rien, Inés a faifi le
moment heureux : *mollia fandi tempora.* Alphonfe
étoit alors dans fon quart-d'heure de pere , lui qui
jufques-là, à l'exception de quelques petits in-
tervales de bonté, avoit été un Roi farouche &
cruel. Elle s'apercevoit , fans doute, qu'Alphonfe
avoit quelquefois fes petiteffes , & peut-être que
fon efprit baiffoit. Voilà ce qui lui fit croire que
le fang de fes petits enfans auroit des *droits plus
forts , que le fang* d'un fils regardé de fon pere
même, comme un heros, & comme l'unique ap-
pui de fa famille. Pour moi je m'imagine qu'il y
a eu plus de bonheur que de prudence dans la con-
duite d'Inés ; il y avoit à parier dix contre un , que
fon aveu empireroit fon affaire , & hâteroit fa mort
& celle de D. Pedre. Qui eut parié , eut perdu ,
auffi-bien que celui qui auroit gagé, que le public
toujours clairvoiant auroit fifflé ce dénoûment ridicule.

Il est vrai que plusieurs ont ri à la vûë de trois petits enfans conduits par leur gouvernante, qui leur fait faire *serviteur* au Roi. On ne sçauroit dire que ce spectacle soit ridicule, & cependant il fait rire. Pourquoi cela ? c'est que l'enfance paroît dégrader la Scene, où l'on est accoutumé de voir des hommes faits, & raisonnables, & rien de puéril. Si l'on faisoit monter dans la chaire d'une Eglise un enfant de sept ans pour y debiter un sermon appris par cœur & prononcé avec une certaine onction enfantine, j'en serois peut-être touché, mais peut-être aussi serois-je tenté de rire. Les enfans d'Inés offrent à l'esprit & au cœur un certain *Tragique*, mais leur petite figure sur la Scene n'offre aux yeux qu'un *Comique* méprisable. Le doute seul où le Parterre a été, selon M. D. L. M. * s'il devoit rire, ou pleurer, est une Satyre échappée à cet Auteur contre lui-même.

* Préface d'*Inés*.

***

SECOND PARADOXE.

*La plûpart des vers de la Tragedie d'*Inés *de Castro sont durs, plats, prosaïques, pleins de solecismes & de barbarismes.*

COmme les sentimens du Public ne sont nullement partagez sur le merite des vers de M. D. L. M. & que tout le monde convient qu'en particulier ceux d'*Inés de Castro* sont très-mauvais, il n'y auroit point eu de *Paradoxe* à avancer d'un ton simple & modeste que les vers de cette Tragedie

ne valent rien. Il m'a fallu charger ma thefe, &
encherir tant foit peu fur l'opinion generale, pour
donner à cette feconde propofition un air hardi
qui convienne au *Paradoxe* ; c'eft pour cela que j'o-
fe foûtenir, *perfrictâ fronte*, & entreprends de prouver, que les vers de la Tragedie d'*Inés de Caftro*
font *durs, plats, profaïques, pleins de folecifmes &*
de barbarifmes.

S'il y eut jamais un *Paradoxe*, c'eft affurement
celui-là. Eft-il croiable que M. D. L. M. qui a
fait des vers toute fa vie, qui s'eft tué de rimer en
tout genre, qui dans fes Odes s'eft placé au rang
des grands Poëtes, qui en un mot eft un maître
de l'art ; eft-il croiable, dis-je, que cet Auteur
célébre ait fait une Tragedie dont la verfification foit
fi defectueufe ? Eft-il poffible que le membre illuftre
d'un corps dépofitaire des ufages de la langue, ar-
bitre de fes regles & confervateur de fa pureté,
foit tombé dans des conftructions barbares, dans des
fautes de Grammaire fi marquées ?

Quelqu'un me dira ici : votre thefe n'a rien que
de trivial. Tout le monde fçait que M. D. L. M.
n'a jamais connu l'art de tourner des vers.

Oh ! pour le coup, je réponds, que c'eft cela
qui eft *Paradoxe* à l'excez. Pour moi je laiffe tous
les vers que M. D. L. M. a faits jufqu'ici, pour
ce qu'ils valent. Ce ne font point mes affaires. Il
faut avoir de la charité pour fes confreres, & ufer
un peu d'indulgence. Je me borne donc à *Inés de*
Caftro, & je prétends feulement que la plûpart dés
vers de cette Tragedie font veritablement tels que
je l'ai avancé.

Qu'on ne s'attende pas à me voir tranfcrire ici
la Tragedie entiere. On auroit peut-être droit de
l'exiger, vû la qualité de ma propofition ; mais je

prie le Lecteur de m'épargner cette peine, & de
se contenter de quelques échantillons. Seroit-il rai-
sonnable que je fisse les frais d'une 2ᵉ. édition de
la Tragedie d'*Inés de Castro* ?

Je dirai d'abord en general que presque tous les
vers de cette piéce sont hachez : défaut considera-
ble dans tout Poëme, mais sur tout dans la Tragedie, où le style doit être lié, majestueux, soutenu,
& où les bâtons rompus font un effet très-mauvais.
Voyez, je vous prie, les six premiers vers d'*Inés
de Castro*, Quels vers ! ce sont six *Alexandrins*
faux-sillez, je ne sçai comment. Toute la piéce est
à peu près de même, ce n'est point une versification travaillée avec soin, c'est un ouvrage de dépêche & mal consu. Ce sont des pierres quelquefois
assez bien taillées, mais posées les unes à côté des
autres, sans chaux & sans ciment. Le bel édifice !

Je vais parcourir la piece de suite, & mettre ici
les vers qui m'auront le plus choqué & qui m'auront peru les plus défectueux, soit du côté de la
langue, soit du côté de la versification.

ACTE PREMIER.

SCENE PREMIERE.

Qu'il est doux aux grands Rois après de
       longs travaux,
De se voir égaler par de si *chers Rivaux*
De pouvoir, le front ceint de *Couronnes bril-
      lantes*,
En confier l'honneur à des mains si vaillantes !

Chers Rivaux ! que cela est doux à entendre ! Les

lauriers

lauriers appellez ici des *Couronnes brillantes*, cela est neuf. Mais *confier l'honneur de ses Couronnes aux mains d'un autre*; peut-on nier que l'expvession ne soit claire & magnifique?

> Dom Pedre sur vos pas, au sortir de l'enfance,
> Vous vit des Affricains *terrasser l'insolence*.

Terrasser l'insolence: voilà du beau François.

> Et toute la Castille au bruit de vos conquêtes,
> Triomphante elle-même a *partagé vos Fêtes*.

Partager des Fêtes. Notre Langue s'enrichit tous les jours.

> Et le même Traité *qui me donna sa mere*,

Je ne sçai si cela seroit supportable en prose.

> Va s'achever *enfin au sein* de la victoire.

L'Auteur pouvant mettre *enfin* au commencement du vers, l'a placé à l'Hemistiche exprès, pour faire voir que le soin de l'harmonie est une puerilité.

SCENE TROISIE'ME.

> Oüi, Madame, Constance avec vous amenée,
> Va voir par cet hymen fixer sa destinée,
> Peut-être que le jour qui m'unit avec vous,
> Auroit dû de mon Fils faire aussi *son* Epoux.
> Mais je ne pûs alors *lui* refuser la grace,
> Que de l'amour d'un Pere *implora son* audace;
> Il n'éloignoit l'honneur de recevoir *sa* foi,
> Que pour s'en montrer mieux digne d'elle & de
> moi.

La plus grande difficulté de la versification est d'éviter le cahos des pronoms personnels & possessifs, enforte que les *lui* & les *fon* ne faffent aucune amphibologie. Je prie le Lecteur d'examiner conformément à cette remarque les vers précedens. Y eut-il jamais confufion pareille ? *Implorer une grace de l'amour d'un pere.* On *obtient* avec regime, mais on *implore* abfolument. C'eft l'ufage de la langue Latine & de la Françoife.

> Des Affricains *domptez*, *implorant* ma clemence,
> La moitié fuit fon char. . . . .

Deux Epithetes de fuite fans particule conjonctive, j'ai toujours oüi dire que c'étoit une faute.

> Je lui ferois fentir que les plus grands exploits,
> Que le fang ne *l'a* point affranchi de mes loix,
> Que lors qu'*à mes côtez* mon peuple le contemple. . . .

M. de Vaugelas & le P. Bouhours n'auroient jamais paffé à l'Auteur un fingulier joint à un pluriel. *A mes côtez mon peuple :* eft-ce le peuple ou le fils qui eft *à mes côtez ?* cela eft louche.

Et c'eft quand il s'agit d'accomplir un Traité.... Le beau Vers !

ACTE SECOND.
SCENE PREMIERE.

E T ne puis-je obtenir que *par égard* pour
          moi,
Vous n'alliez pas d'un fils folliciter la foy ?

Ce *par égard* eft d'une élégance toute neuve.

> N. vaudroit-il pas mieux que de notre hyme-
>   née,

Lui-même impatient vint hâter la journée ?

Ne vaudroit-il pas mieux, est à peu près dans le goust.

A le *précipiter*, qui peut donc vous contrain-
dre ?

Précipiter un homme, pour dire, *le preſſer*, *le hâter*.
Eſt - ce un Académicien qui parle ainſi ? diroit-on
bien qu'un Cavalier *précipite* ſon cheval, qu'un
Maître *précipite* ſon valet ? on le peut dire, ſi un
Pere *précipite* ſon fils. Mais on s'imaginera que ce
pere veut jetter ſon fils dans un précipice ; c'eſt le
ſens qui ſe preſente d'abord.

Quand on vous racontoit ſur l'Affricain jaloux
Tant d'exploits étonnants, *s'il n'étoit né de vous.*

Conſtruction louche. La premiere regle de la verſification eſt d'éviter l'amphibologie : *s'il n'étoit né de
vous*, ſelon la ſyntaxe, ſe rapporte à l'*Affricain jaloux* ; mais ſelon M. D. L. M. il ſe raporte à D.
Pedre, dont le nom eſt dix vers auparavant.

S C E N E   S E C O N D E.

Il vous faille *avertir*, *ordonner* d'être heureux.

Avertir, *ordonner* tout de ſuite : verſification neuve.
Ordonner d'être heureux. L'expreſſion eſt énergique.

Vous pouvez vous loüer de mon obéïſſance.

Voilà pourtant un vers Alexandrin.

Braver des ennemis que vous pouvez *abattre*
Quand on eſt ſur de convaincre, a-t-on peur de
combattre ?

Rime abfolument profcritte. Le compofé ne rime point avec le compofé. Mais c'eft une regle feulement pour les petits Poëtes.

> Du fang de mes fujets, fages depofitaires.

On a toujours dit que les Rois font les dépofitaires de la puiffance du Très-Haut ; mais quel mortel, avant M. D. L. M. a imaginé qu'ils font *les depofitaires de notre fang* ? qu'eft ce que cela veut dire ? ils font maîtres de nos vies quand nous bleffons les loix, mais ils ne font point les *depofitaires* de nos vies. L'idée eft bizarre.

> Vous parlez en foldat, je dois agir en Roi.

Il n'y a pas grand mal d'avoir pillé ce vers de Corneille ; mais M. D. L. M. devoit le faire imprimer en caracteres italiques. Un homme d'efprit difoit ces jours paffez fort plaifamment, que Mr. de la Motte pouvoit citer Corneille & Racine, comme un Capucin en chaire cite faint Cyprien & faint Chryfoftôme.

SCENE TROISIE'ME.

> N'eft - ce point qu'à ce crime un autre l'enhar-
>   *diffe* ?

Il falloit dire *l'enhardit* & non pas *l'enhardiffe*. Diroit - on à M. D. L. M. fans faire un folecifme ? *n'eft - ce point que vous foyez orgueilleux du fuccez de votre Tragedie.* Il faut dire *n'eft - ce point que vous êtes orgueilleux* ; & on dira bien.

> Je fors : mais je crains bien de revenir cou-
>   pable.

Que cela est precieux ! M. D. L. M. met de l'esprit où il n'en faut point. On ne s'exprime point
ainsi dans la passion, & quand un jeune homme,
d'ailleurs d'un beau naturel, medite quelque mauvaise action, il ne doit point la regarder comme
mauvaise ; il doit se pretexter à lui - même une apparence de justice & de raison, & ne point dire :
Je crains de revenir coupable.

SCENE CINQUIE'ME.

Vous ne voiez ici que cœurs desesperez ;
Mais je vous tiens captive, *& vous m'en re-*
pondrez.

De quoi Inès répondra-t-elle ? *des cœurs desesperez.*
Voilà de quoi elle sera caution.

ACTE TROISIE'ME.

SCENE TROISE'ME.

ET le rebelle en proye à l'amour qui l'en-
traîne,
Ne brûle d'être Roi , que pour vous *faire*
Reine.

Faire Reine, admirez la douceur de ces mots, D'ailleurs l'expression est d'une rare elegance.

SCENE SIXIE'ME.

De qui m'a resisté, la mort m'a fait passage.
O quel vers , grand Dieu ! mais il est de M. D. L. M.

Il m'eſt trop ennuyeux d'écrire tous les mauvais vers que je rencontre en liſant de ſuite; j'aime mieux ouvrir le livre au hazard, & marquer ceux qui me tombent ſous les yeux. Peut-on voir, par exemple, des vers plus proſaïques que ceux-ci:

> Quoi me flattai-je en vain, Seigneur, que ma priere

Ad. 2. Sc. 3.
> Touche *un Roi, que je dois* regarder comme un pere ?

A. 3. S. 1.
> Ordonne qu'elle vienne à l'inſtant me trouver

A. 5. S. 4.
> Ce n'eſt point un effet de déſobéiſſance

> & que les mêmes coups

A. 5. S. 6.
> Rejoignent les enfans & *la femme* & l'époux.

A. 5. S. 1.
> Et moi dans les chagrins, que tous deux m'ont donnez.

A. 4. S. 5.
> Tout le conſeil en pleurs *d'avec vous* ſe ſepare

Ibid S. 5.
> Madame, quand j'ai fait ce que je devois faire.

A. 3. S. 4.
> Sa vie eſt tout, Seigneur, & la mienne n'eſt rien.

Les vers ſuivans meritent d'être conſiderez par la beauté de leurs hemiſtiches.

A. 2. S. 1.
> Mais le temps n'en eſt pas preſcrit par les traitez.

A. 3. S. 8.
> Mais je ne puis malgré le peril où je cours.

Ibid.
> Si ſa vertu ſe fut prêtée à mon audace.

A. 1. S. 3.
> Il ſemble n'avoir pas aperçu ſa beauté.

Quelle rudeſſe, quelle dureté dans les vers qui ſuivent !

A. 2. S. 5.
> Et ce Prince *à tel point a-t'il* bleſſé vos yeux

Prorege, juste Ciel, daigne aider ma prudence   A. 3. S.

Ne tranche de mes jours *l'incommode durée*   Ib. S. 3.

. . . . cette loi redoutable
Que vous m'avez tantôt *jurée inviolable.*   Ibid.

Par ses soins genereux songez que vous vivez.   A. 5. S.

Madame, qui l'eut cru ? je rougis de le dire   A. 3. S.

Mais tout cela n'est rien au prix des barbarismes &
des solecismes, dont voici quelques-uns.

Par l'affront *solemnel* qu'il fait à la Castille.   A. 2. S.

Un *affront* est-il une fête pour l'appeller *solemnel* ?

Et jusqu'où n'ira point cette fureur jalouse,
Si cherchant une amante elle trouve une épouse
Et *qu'elle perde* enfin l'espoir de m'en punir,
Que par la seule mort qui peut nous désunir.   A. 1. S.

Il falloit mettre *qu'elle ne perde.*

Et ne crains mes dangers, *que comme vos mal-*   A. 1. St
heurs.

Cela veut dire, selon l'Auteur; *parce qu'ils vous
rendroient malheureux* : quelle façon de s'exprimer !

J'éprouve en même-tems mon supplice & ma   A. 3. S.
grace.

J'éprouve ma grace : quel langage !

. . . . & je me flatte encore
De meriter de vous *ce secret que j'implore.*   A. 5. S. 5

Implorer un secret : qui a jamais dit cela ?

. . . . ces enfans que j'embrasse

Ibid.   Me font déja goûter *les fruits de votre grâce.*

A. 5. S. 5.   Leurs cris rempliſſent l'air de leurs tendres ſouhaits.

N'étoient-ce point plutôt *leurs tendres ſouhaits* qui rempliſſoient l'air de *cris* ?

En parcourant la Tragedie je tombe encore ſur quelques vers qui me paroiſſent choquer le bon ſens.

A. 4. S. 3.   Ma mort acquittera ce que je dois au fils.

Admirez la belle reconnoiſſance de Henrique, pour s'acquitter de l'obligation de la vie qu'il a à D. Pedre ; il promet de ſe donner la mort : cela eſt neuf & bien penſé.

Ibid.   C'eſt à vous, chers ſujets, que je le ſacrifie.

Ne diroit-on pas que le Peuple a demandé la mort de D. Pedre, ou qu'il étoit de l'interêt de toute la nation que ce Prince perît.

Que j'expire à vos pieds, & qu'unis l'un à l'autre
Mon ame ſe confonde *encore* avec la vôtre.

Cet *encore* forme une image qu'on n'a jamais vûë dans les Tragedies. Ce mot eſt bien licentieux, il rappelle les Vers de Petrone, *& transfudimus*, *&c.*
Je n'irai pas plus loin ; je ſuis las de copier les vers de M. D. L. M. J'ai aſſez prouvé mon Para-doxe, & s'il y manque quelque choſe, je renvoie le Lecteur attentif à la Tragedie d'*Inés de Caſtro*, il y trouvera bien d'autres fautes de langage & de verſification que celles que j'ai marquées ici. Il y trouvera auſſi de grandes beautez, & des Sce-nes parfaites ſur tout la 4.e du 1er. Acte & la 6e. & la 2.e. Scene du 4e. Acte.

TROISIE'ME PARADOXE.

L'Auteur de la Tragedie d'Inés de Castro a fait voir dans l'avis & dans la Préface, qui sont à la tête de cette Tragedie, qu'il écrit mal en Prose.

LE Lecteur va juger, sans doute, que je promets ici, plus que je ne pourrai tenir. Cette prévention m'est avantageuse ; plus le *Paradoxe* sera difficile à prouver, plus j'aurai d'honneur, si j'en viens à bout. Or je suis sûr de faire voir clairement, que c'est par un prejugé très-mal fondé qu'on croit dans le monde que M. D. L. M. écrit bien en prose. J'ai toujours pensé le contraire. Je saisis cette occasion de le démontrer, en me bornant à la derniere prose qu'il vient de mettre au jour.

Qu'il me soit permis de faire d'abord une reflexion generale. Qu'est-ce qui fait un bon écrivain ? ce n'est point la conformité à un grand modele ; on peut bien écrire sans avoir le stile de M. de Buffi, ou de M. de Fenelon. Il y a differens stiles qui sont tous excellens ; il y a néanmoins des regles invariables que voici. Il faut, pour bien écrire, de la clarté, de la simplicité, de la pureté & de l'elegance. M. D. L. M. & ses adhérans ont cette derniere qualité, je l'avoüe ; mais ils n'ont nullement les autres. 1°. Leur stile est épigrammatique ; tout le monde en convient, par consequent il est enveloppé & *obscur.* 2°. Ces Messieurs courent après les penfées & les antithefes, leur ftile eft toujours figuré, tous les fubftantifs y font perfonifiez (ce qui fent la poëfie) ils fe fervent d'un langage fingulier ; chez eux rien de naturel, tout fent l'art. Par confequent point de *fimplicité.* 3°. Ces Auteurs inventent des expreffions, ils marient enfemble des termes, qui ne s'étoient jamais vûs l'un proche de l'autre, ils font des conftructions bizarres & inoüies, pourvû qu'ils mettent de l'efprit, ils fe mettent peu en peine du refpect dû à la langue. Par confequent ils n'ont point la pureté du ftyle. Cela eft demontré en rigueur, & il feroit bon que tout le public en fut une fois bien convaincu. Mais ni la cenfure des connoiffeurs, ni les avis falutaires de feu M. l'Abbé Maffieu dans fa belle preface des œuvres de M. de Tourreil, ni les lettres écrites à M. l'Abbé H. n'ont point encore gueri ces Meffieurs ; ils perfiftent toujours dans leur revolte contre la langue & contre le bon goût.

Mais parce qu'il eft bon d'entrer dans quelque détail & de fortir de la thefe generale, je vais examiner la profe qui accompagne la Tragedie imprimée d'*Inés de Caftro.* Commençons par l'*avis.* Y eut - il jamais d'Enigme pareil ? les amis de l'Auteur s'épuifent pour l'expliquer, mais ils n'entendent point le texte, ni ils ne s'étendent eux-mêmes dans leur glofe. C'eft un plaifir de les voir dans leurs reduits litteraires entaffer galimathias fur galimathias, s'évanoüir en fubtilitez, & vouloir expliquer *obfcurum per obfcurius.*

J'avois dedié mon Ouvrage à M. le Cardinal Dubois, je lui avois même lû mon épitre, & comme ce n'étoit ni à la dignité ni à la puiffance, mais à l'amitié feule, que j'adreffois mon hommage, mes fentimens n'ont pas changé par fa perte, & ma plus

douce confolation auroit-été, en le perdant, de ren-
dre public ce tribut fincere que je rendois à fes gran-
des qualitez.

Remarquez que l'hommage de M. D. L. M. s'a-
dreffoit à *l'amitié feule* & néanmoins dans la même
phrafe, il dit que c'eft un tribut qu'il rendoit à *fes*
grandes qualitez. Cela s'apelle-t-il penfer & écrire?
Mais on m'a fait peur du contre-temps J'ai craint
par l'exemple de mes amis même que mon Epitre ne
parut une affectation de fingularité, & j'ai fait ce-
der, quoi qu'à regret, les confeils de mon zele au ref-
pect de l'ufage & des convenances.

Puifque l'Epitre avoit été prefentée & luë, quël
contre-tems terrible & capable de faire peur à M. D.
L. M. y avoit - il à la donner au Public? il n'explique point quel eft ce contre-tems; on devine que
c'eft la mort de M. le Cardinal. S'il avoit exprimé
la chofe nettement, on auroit trouvé fon raifonne-
ment faux; c'eft pour cela qu'il l'a enveloppée d'un
terme vague & general.

Je crains par l'exemple ..... quel plaifir de mettre un Lecteur à la torture? font - ce fes amis qui
lui ont donné l'exemple de *craindre*, ou qui lui
ont donné l'exemple d'*affectation*, *de fingularité*. Le
fens eft louche.

Et j'ai fait ceder ..... ? quel eft cet ufage, &
ces convenances, dont le refpect feroit violé? je
ne le vois pas. Il y a ici bien des propofitious in-
termediaires fous-entenduës.

Le refpect de l'ufage & des convenances: cela eft-
il bien correct, diroit - on: *ce fils n'a point de ref-*
pect de fon pere; je fuis plein de refpect de M. D.
L. M. il *n'a point de refpect des regles de la lan-*
gue. Ne faut - il pas dire: *pour?*

Voilà, ce me femble, affez de fautes pour un petit difcours de quinze lignes. Voyons à prefent la Preface.

Un mot pour un autre jette fouvent de l'obfcurité & de la baffeffe fur toute une phrafe. On jette, il eft vrai, de *l'obfcurité* fur une phrafe. L'obfcurité eft comme un voile épais qui fe répand, qui fe *jette.* Mais pour *la baffeffe* je ne fçaurois l'imaginer ainfi. C'eft donc mal parler que de dire *jetter de la baffeffe.* Cela ne forme point d'image. Direz-vous *jetter de l'élegance, jetter de la naïveté* ? non, fans doute, vous diriez mieux *jetter des fleurs, jetter des couleurs naturelles* ; parce que ces fubftantifs ont du corps, comme le mot de jetter, qui exprime une action corporelle.

Notre delicateffe poëtique regarde prefque une édition fautive de nos vers, comme un libelle diffamatoire.

La delicateffe poëtique ne fignifiera jamais l'amour propre d'un Poëte, mais la delicateffe de la poëfie. J'aimerois autant appeller la maifon, l'habit, la chemife d'un Poëte : une maifon *poëtique*, un habit *poëtique*, une chemife *poëtique* ; c'eft à quoi mene le ftyle pincé & étudié.

Comme un libelle diffamatoire. Il falloit dire comme une fatyre, comme une critique. La penfée auroit été jufte. On voit bien que M. D. L. M. regarde les critiques des ouvrages, comme des *libelles diffamatoires*, & qu'il n'en fait point de diftinction.

Voilà donc ma Tragedie telle que je l'ai faite, & j'ajoute telle que je fuis capable de la faire.

Telle que je l'ai faite. Qui doute que M. D. L. M. n'ait fait lui-même la Tragedie d'Inés de Caftro, & qu'il ne l'ait donnée à fon Imprimeur telle qu'il l'a faite. Voilà une phrafe fort inutile : c'eft un pleonafme decidé.

J'ajoute *telle que je fuis capable de la faire*; au-tre pleonafme encore; apparemment que tout Au-teur fait de fon mieux. S'il fait mal, ce n'eft pas fa faute. Pradon faifoit autrefois fes Tragedies *telles qu'il étoit capable de les faire*. Qui doûte que M. D. L. M. ne faffe de même ?

Mon refpeÆt pour le Public ne m'a pas permis de rien negliger. J'aurois voulu que M. D. L. M. eut mis ici *mon refpeÆt du public*.

D'autres gens d'efprit ont aplaudi particulierement à ces endroits attaquez, & par des raifons qui me gagnoient auffi. Il veut dire *qui le frappoient*. Quand ce font des raifons qui ne vont qu'au cœur, on peut emploier le terme de *gaigrer*. Mais l'auteur parle ici de raifons folides pour l'efprit & non pas de rai-fons flatteufes pour le cœur. Si ces raifons font feu-lement des raifons frivoles & favorables à l'amour propre, M. D. L. M. fe décredite, avoüant qu'il leur a donné la préference. La verité nous échappe quelquefois malgré nous.

Comme la profe de M. D. L. M. à laquelle je me fuis borné ici, eft fort courte, je ne fçaurois m'é-tendre davantage. *Ex ungue Leonem*; que né m'eft-il permis de parcourir tous les difcours & toutes les préfaces de ce celebre Auteur ! Mais je fortirois de mon fujet. On peut juger, par ce foible effai, de ce qui arriveroit, fi le champ étoit ouvert.

QUATRIE'ME PARADOXE.

*M. de la Motte dans la Préface de la Tra-
gedie d'Inés de Castro fait paroître de la
vanité, & trop d'aigreur contre ses adversaires.*

JE n'entreprendrois point de prouver cette proposition, si elle ne me donnoit lieu de faire l'élo-
ge de M. D. L. M. que j'estime infiniment. J'établis
donc d'abord, comme une verité essentielle, que ce
grand Auteur est l'homme du monde le plus aimable, qu'il est modeste, honnête, poli, qu'il sçait
entendre raillerie, qu'il n'est point opiniâtrément at-
taché à ses *conjectures* & qu'il aime la verité, lors
même qu'on la lui vend bien cher, comme il a paru dans ses disputes avec Madame Dacier. Cette il-
lustre * Autheur l'avoit accablé de reproches & d'in-
vectives sur son peu de sçavoir & sur la hardiesse qu'il
avoit euë de censurer & de réformer le divin Homere. M. D. L. M. se soumit à la correction ; il prit
la chose en galand homme, il avoüa son ignoran-
ce, & tout vaincu qu'il étoit, par la maniere dont
il soutint sa défaite, il demeura en quelque sorte
maître du champ de bataille. Il s'attira les suffra-
ges du plus grand nombre, c'est-à-dire, de tous
ceux qui étoient incapables de juger d'Homere, &
tout le monde avoüa que s'il avoit moins d'érudi-

---

* Il est étonnant que notre langue n'ait point feminisé les
noms d'*Auteur* & d'*Ecrivain*.

tion de & folidité, il avoit plus d'efprit & d'enjou-
ment que fa docte adverfaire.

Comment donc eft-il arrivé que M. D. L. M. fe
foit dementi depuis peu & ait fait paroître tant de
vanité & d'aigreur dans la Préface de fa nouvelle Tragedie ? eft-ce que le fuccez prodigieux de cette piéce lui auroit changé l'humeur ? Mais il y a long-
tems que notre Auteur eft accoûtumé aux applaudiffemens. D'ailleurs il eft trop judicieux, trop Phi-
lofophe, pour s'imaginer que les empreffemens d'un
Public toûjours curieux du nouveau & partifan de
l'extraordinaire foient décififs. Il fçait ce qui arriva
autrefois à l'infipide & deteftable Tragedie de *Timocrate* par Th. Corneille. Elle eut 8 o. reprefentations. Le Public ne fe laffoit point d'y courir en foule, & on ne ceffoit point de la redemander aux
Comediens. Ces Meffieurs s'en ennuyerent les premiers, & un Acteur s'avança un jour fur le bord du
Theatre, & dit aux Spectateurs: *Meffieurs, vous ne
vous laffez point d'entendre Timocrate ; pour nous ,
nous fommes las de la joüer. Nous courons rif-
que d'oublier nos autres pieces ; trouvez bon que nous
ne la reprefentions plus.* Ils avoient raifon d'être
ennuyez de cette Tragedie, qui eft en effet très-
ennuyeufe. Eh bien ! Meffieurs les faifeurs de Tragedies, glorifiez-vous déformais des applaudiffemens
du Parterre & du concours des Spectateurs, comp-
tez les reprefentations ; malgré vos fuccez flateurs,
vous n'êtes pas plus à couvert de l'oubli & du mépris, que le *Timocrate* de Th. Corneille.

Pour revenir à M. D. L. M, n'eft il pas étonnant qu'il fe foit livré depuis peu à des fentimens
fi contraires à ce caractere de modeftie, dont il a
toûjours fait profeffion ? n'eft-ce pas en effet par
un motif de vanité qu'il a mis à la tête de fa Tra-

gedie un *avis* trés-inutile, où il dit pour notre inſtruction, qu'il y avoit une grande *amitié* entre feu M. le Cardinal Miniſtre & lui. L'amitié n'eſt guere qu'entre égaux, M. D. L. M. pouvoit ſe ſervir d'un terme plus convenable. Il nous avertit encore au commencement de ſa Préface, qu'on a fait à ſa Tragedie *l'honneur ſingulier de l'écrire dans les repreſentations.* Mais 1°. cet honneur n'eſt point ſi *ſingulier*; on l'a fait à bien d'autres pieces, qui ſe ſont trouvées fort mediocres, quand on leur a fait le deshonneur de les imprimer. 2°. Quelques-uns de ceux qui avoient la plume à la main dans le Parterre, étoient de ces petits copiſtes qui gagnent leur vie à ce métier, & d'autres ne le faiſoient que pour nuire à l'Auteur & lui préparer une critique.

M. D. L. M. ſe ſçait ſi bon gré du ſuccez de ſa Tragedie, qu'il ſe vante des *moyens* même qu'il a pris pour réuſſir. Il nous promet de nous les reveler un jour, il ſeroit tenté, dit-il, de le faire maintenant, mais *il remet la petite vanité qui l'en preſſe à une autre fois.* La vanité doit en effet être *petite* ſi elle reſſemble à la choſe. Mais il a bien fait de la *remettre*, ç'auroit été trop de *vanité* à la fois. Il nous promet auſſi d'expoſer ſes ſentimens *particuliers* ſur la Tragedie *dans un diſcours à part.* Je ſuis perſuadé qu'ils ſeront très-*particuliers* & qu'ils nous feront revenir de l'eſtime que nous avons pour les ſottes regles d'Ariſtote & pour Corneille & Racine, qui ont été aſſez bons, que de les ſuivre.

Enfin M. D. L. M. ſe croit déja un autre Virgile. Il tire vanité de la Comedie d'*Agnés de Chaillot,* que ſes efforts n'ont pû empêcher d'être repreſentée, & qui eſt une Parodie excellente dans le goût du Theatre Italien. Il compare cette jolie piece aux

plattes

plattes bouffonneries de Virgile Travesti, mais pour la Tragedie d'Inés, c'est la belle & serieuse eneide. *On m'a fait, dit - il, le même honneur que Scaron a fait à Virgile.* Toûjours de l'honneur pour M. D. L. M. mais je vous demande quel honneur Scaron a fait à Virgile par ses burlesques sottises? Je ne le vois pas, si ce n'est, qu'ayant été travesti comme M. D. L. M. c'est un grand honneur pour le Poëte ancien de ressembler en quelque chose au Poëte moderne.

Mais tous ces petits reproches de vanité ne sont rien, je l'avoüe, en comparaison de ce qu'on peut trouver à redire aux hauteurs & aux aigreurs que M. D. L. M. vient de faire éclatter. Tout le monde sçait qu'il parut il y a environ 15. jours une petite critique assez succinte d'*Inés de Castro*, mais bien écrite, bien raisonnée & où les talens de M. D. L. M. sont balancez avec beaucoup d'équité. Notre Auteur ne pouvoit pas omettre d'en parler dans sa Préface ; mais ne croyez pas qu'il l'ait fait sur le ton de M. Arroüet , lorsqu'il repondit aux critiques de son *Oedipe. Il paroît*, dit M. D. L. M. *une critique imprimée, à laquelle je me dispense de répondre; je persiste dans la resolution d'en user toujours de même avec des censeurs passionnez & de mauvaise foi. quand il y auroit même de l'esprit dans leur ouvrage, je crois devoir ce dedain aux mauvais procedez & en effet pour ramener les hommes à l'amour de la raison & de la vertu , il faudroit mepriser jusqu'aux talens qui osent en violer les regles.* Les Censeurs de M. D. L. M. sont donc gens *passionnez & de mauvaise foi*. Effectivement peut-on soûtenir , sans blesser sa conscience & sans mentir contre le saint Esprit, que cet Auteur fait mal des vers ? c'est alors la passion qui parle. Le critiquer est un *mauvais procedé*. Il a raison ; pourquoi troubler un Poëte dans sa tranquille passion ? pourquoi lui enlever ce qu'il a de plus cher ? pourquoi rabaisser un orgueil *poëtique* qui fait son bonheur.

L'Abbé de Saint Real, Auteur d'ailleurs très-distingué, a fait un traité de la *Critique*, où il avance qu'il ne faut critiquer que les morts & jamais les vivans. Il est vrai que ce livre a été sifflé de tout le monde & en particulier par Messieurs Banage & Bayle. O que le petit traité de Saint Real doit faire plaisir à M. D. L. M ! qu'il lui seroit avantageux que les ridicules maximes de ce livre fussent suivies ! on verroit *les hommes ramenez à l'amour de la raison & de la vertu*, & on mepriseroit *les talens qui en violent les regles*. Notre Auteur fait sentir que ses censeurs les ont violées ; c'est-à-dire en bon françois que ceux qui trouvent Inés de Castro une mauvaise Tragedie, & en particulier l'Auteur de la Critique intitulée, *sentimens d'un Spectateur François* : sont, selon M. D. L. M. des fourbes, des malhonnêtes gens, & des insensez. Fourbes, puisqu'ils sont de *mauvaise foi* ; malhonnêtes gens & insensez, puisqu'ils violent *les regles de la vertu & de la raison*.

Ces excez d'emportement & d'aigreur font tort à M. D. L. M. mais qu'on ne croie pas que je les lui attribue. Il est à propos qu'on sçache qu'il n'est point du tout capable de s'être porté de lui-même à ces extremitez. il faut lui rendre justice. Il est sans cesse entouré d'une foule d'adorateurs qui l'enyvrent de leur encens & qui l'étourdissent de leurs éloges hyperboliques. Ils lui font accroire qu'il est le plus grand Poëte que nous ayons vû. J'ai oüi dire à un bel esprit de la Cour de M. D. L. M. que Virgile & Horace n'avoient pas les premiers élemens de la vraie Poësie, que les Odes de notre Auteur surpuisoient infiniment celles des anciens, que ses Fables valoient mieux que les Fables de la Fontaine, & qu'il n'y avoit qu'un petit genie, qui pût lire avec plaisir le *Lutrin* de Despreaux fort inferieur à la *Pucelle*, & à l'*Iliade* moderne, qu'en un mot M. D. L. M. étoit le seul Poëte qui eut jamais existé. J'avoüe que la vapeur d'un encens si grossier est étouffante.

Ce sont ces amis passionnez qui ont persuadé à notre Auteur qu'il étoit tems de lever la tête, & de traiter ses Censeurs de haut en bas. Ce sont eux qui lui ont dicté les sentimens répandus dans la Préface d'*Inés*. Puissent tous les Lecteurs en juger comme moi, & être bien persuadez que M. D. L. M. est dans le fond très-modeste & très-moderé,

Il faut avoüer que les hauteurs & les injures sont toûjours de foibles apologies. J'ajoûte qu'elles sont presque toûjours très-condamnables. S'il est permis à un Auteur attaqué de se défendre, ce n'est jamais en accusant ses adversaires d'être *de mauvaise foi & de violer les regles de la vertu & de la raison.* Un moyen si violent ne peut convenir, que, lorsqu'il s'agit de justifier sa Religion, ou ses mœurs. Car dans ces matieres l'aggresseur est quelquefois peu sincere, & alors on peut lui reprocher avec justice de blesser *la vertu & la raison.* Mais y a-t-il rien de plus innocent que d'attaquer un ouvrage d'esprit ? est-ce *un mauvais procedé* que d'éclairer le Public sur des défauts qu'on croit apercevoir ? souvent on a tort & raison tout ensemble ; & qu'importe après tout d'avoir tort ou raison sur de pareilles choses ? vous écrivez contre mon ouvrage & vous soutenez qu'il est rempli de fautes. Si vous raisonnez bien, je vous suis obligé; vous m'instruisez. Mais si je suis persuadé du contraire, comme il arrive prefque toujours, dois-je dire pour cela que vous avez parlé contre votre confcience, que vous ne m'avez cenfuré, que pour avoir le plaifir cruel de me rabaiffer & de me nuire, & que vous avez peché contre *la bonne foi & la vertu* ? Non : je dois plutôt préfumer, que vous avez écrit conformément à votre penfée, que mes écris vous ont deplu & vous ont paru réellement defectueux, que ce n'eft point dans le deffein de m'avilir, que vous avez publié votre critique, mais par un zéle très-loüable, afin de perfectionner le goût du Public, & afin de lui apprendre à difcerner l'excellent du mediocre & à être déformais moins prodigue de fes applaudiffemens. J'invite le Lecteur à jetter les yeux fur la belle lettre de M. Arnauld à M. Defpreaux imprimée dans le recueil des ouvrages de ce Poëte ; on verra s'il y a du peché à critiquer des écrits.

Je n'ay plus qu'une réflexion à faire fur ce fujet pour prouver que M. D. L. M. a plus tort qu'un autre de traitter la critique de *mauvais procedé*. Il eft certain que cet Auteur ne travaille que pour le plaifir du Public. Lifez la Préface d'Inés, vous verrez qu'il vous entretient du foin qu'il a pris de *plaire*, des moyens qu'il a pris pour *plaire*, de l'envie qu'il a de *plaire*, de la réfolution où il eft *de s'expofer toujours aux premieres répugnances du Public, quand il s'agira de lui procurer de nouveaux plaifirs*. Notre Auteur ne fongera déformais qu'à inventer des divertiffemens nouveaux ; & quoique la Poëfie & fur tout la Poëfie Dramatique foit deftinée à inftruire, il croit qu'elle n'eft faite que *pour plaire*, c'eft-à-dire, pour amufer les oreilles, à peu près comme la Mufique. Or puifque M. D. L. M. dans fon fyftême de volupté poëtique , croit que la fin principale d'un ouvrage de Poëſie eſt de *procurer du plaiſir* au Public , je conclus qu'il doit être charmé de voir les Auteurs écrire avec un peu de malice les uns contre les autres , & qu'il ſe doit livrer lui - même de bonne grace aux traits de la critique : car il eſt ſur que rien ne réjoüit davantage que les diſputes des Auteurs. L'homme aime naturellement le ſpectacle des combats ; je n'en ſais pas la raiſon , mais en general cela eſt vrai ; les combats les plus inhumains , tels que ceux des Gladiateurs , ont autrefois fait les brutales delices de la Grece & de l'Italie. Tout le monde ſçait quel eſt encore aujourd'hui le plus agreable divertiſſement des Eſpagnols & des Portugais. Pour nous , nous abhorrons ces plaiſirs ſanglants , & ce nous ſeroit un ſpectacle odieux de voir des hommes s'égorger de ſang froid , ou ſe meſurer avec des Taureaux au peril de leur vie. En récompenſe nous ſommes ravis de voir des gens d'eſprit , d'habiles Ecrivains ſe battre avec feu & avec adreſſe , ſe bien attaquer & ſe bien défendre , manier finement le *ſarcaſme* & l'ironie (armes dangereuſes) , ſe lancer mille traits ingenieux , & s'accabler l'un l'autre de ſel attique. Voilà quels ſont les combats des Auteurs , qu'on peut bien appeller , la guerre des eſprits , mille fois plus agreable & plus digne de notre attention que les guerres barbares des Nations , qui cherchent à ſe détruire par le fer & par le feu. N'y auroit-il que M. D. L. M. qui fut ennemi de ces combats ſpirituels , lui qui eſt tout devoüé *aux plaiſirs du Public* ? Non ſans doute , il n'y a que lui ſeul , qui ſoit de ce goût. Il hait la critique à l'excès , à peu près comme les Marchands haïſſent un trop grand jour , contraire au débit de leurs étoffes.

C iij

Il paroît depuis quelques jours de petites Apologies d'*Inés de Caftro*. Que le penchant à loüer eft heureux & aimable ! il n'eft pas donné à tout le monde de fçavoir fe voiler les yeux, pour ne point voir le mal, ou plutôt de fçavoir fe reprefenter les défauts les plus marquez d'un ouvrage, comme des beautez touchantes, & comme des coups de Maître. J'avoüe que je ne porte point la charité jufques-là ; fi je loüe un écrit, c'eft toûjours avec fincerité, & comme forcé par l'évidence. Non que je fois néanmoins de ces finiftres interpretes, de ces impitoïables *hypercritiques* qui fuivent la maxime deteftable des Italiens : *Penfi fempre male, e non t'ingannarai.* J'abhorre ce principe pernicieux, & j'aime encore mieux loüer à tort, que de blâmer injuftement.

Sans parler des reflexions admirables de notre Mercure, partifan précautionné de la fecte timide des Complaifans ou des *Anticritiques* ; on voit depuis peu deux écrits : l'un intitulé, *Reflexions faites par Monfieur,* &c... & l'autre : *Reponfe à Monfieur,* &.... Ce font des éloges outrés de **M. D. L. M.** auquel je rends la juftice de croire, qu'il n'a point eu la communication de ces piéces, avant leur publication. Quoiqu'il en foit, j'avoüe que l'Auteur des *Reflexions*, qui paroît homme d'efprit, a bien raifon de défendre ce vers de M. Campiftron :

Il eft, comme à la vie, un terme à la vertu.

C'eft vne penfée vraye, exprimée noblement ; ce font de ces vers fentencieux, qui meritent d'être cités quelquefois. Je ne fçaurois comprendre comment un fi beau vers a pu être cenfuré par le *Spectateur,* ni dans quel fens il a pu appeller fon

Auteur : *le pauvre Campiſtron.* L'épithete a fort déplu au Public, juſtement perſuadé, que ce Poëte illuſtre l'emporte ſans contredit ſur tous ceux qui cedent le pas à P. Corneille & à Racine. Que de beauté, & quel Pathetique naturel dans *Andronic*, dans *Alcibiade*, dans *Tiridate* ! l'Auteur des *Reflexions* m'empêche de rien ajoûter. Mais en juſtifiant Campiſtron, il devoit lui-même meſurer ſes termes au ſujet de M. Arroüet, qui ne donna jamais dans le *clinquant des expreſſions.* C'eſt bien mal caractériſer le ſtyle de cet Auteur, à qui l'on n'a jamais fait un pareil reproché.

L'Auteur des *Reflexions* me permettra de dire, que je ñe ſuis pas de ſon avis, lorſqu'il nie, qu'un bon Comedien puiſſe quelquefois faire paroître excellent ce qui dans le fond eſt mauvais. Je ſçai bien que des extravagances ſenſibles, des inepties palpables, des contradictions manifeſtes, des recits ennuyeux, des platitudes *maniables* (pour me ſervir de l'expreſſion d'un certain Auteur) ne ſçauroient ſe ſauver par la déclamation. Mais nous éprouvons tous les jours aux ſermons, aux harangues, & ſur tout aux repreſentations des Tragedies, qu'une penſée fauſſe nous ébloüit, qu'une conſtruction vicieuſe nous échappe, qu'un ſophiſme nous fuit, qu'un ſentiment beau, mais deplacé, nous fait illuſion. Les contradictions dans les choſes & dans les mots, les barbariſmes, les ſolécifmes même ſe derobent à notre attention ; & quand cela eſt arrivé, l'Impreſſion ſeule a déſillé les yeux & a dementi l'orgueilleux jugement de l'oreille : * ſuperbum aurium judicium.

J'ai toujours été perſuadé qu'un Poëte qui a le malheur de ne pouvoir ſe ſervir de ſes yeux, pour

* *Petronii ſatyricon.*

voir ſes vers ſur le papier, étoit plus ſujet à s'abuſer qu'un autre. Au lieu de lire ſes vers de ſang froid, il les prononce avec une affection paternelle, il les fait retentir avec complaiſance, il leur prête une grace, une force, une douceur, une harmonie qu'ils n'ont point. Le vers a, pour ainſi dire, des couleurs : il faut des yeux pour les découvrir.

Deux choſes ſont inconteſtables ; la premiere, que la Tragedie d'*Inès* a paru très-belle ſur le Théatre ; & la ſeconde, qu'elle paroît aujourd'hui fort defectueuſe ſur le papier ; c'eſt un jugement unanime ; il eſt donc manifeſte que l'action d'un grand Comedien eſt un preſtige, un charme, un enchantement, & qu'on ſe doit fort deffier des ſuffrages du Parterre. Voyez ce que dit le Pere Malbranche, des effets que produiſent les imaginations imperieuſes ſur les eſprits de la plûpart des hommes, qu'un grand geſte, un air impoſant, un ton vehement, un éclat de voix, un œil pathétique ſéduiſent aiſément.

On pourra m'objecter ici, qu'une Tragedie, toûjours deſtinée au Théatre, ne doit être conſiderée que comme une perſpective ; que dès-là qu'elle plaît au Spectateur attentif, elle peut ſe paſſer de plaire au Lecteur délicat ; qu'il y a toûjours un vrai merite à ſçavoir ſurprendre l'admiration, qu'un ſpectacle eſt beau, quand il le paroît. Qu'importent alors les reflexions tardives des connoiſſeurs ?

Mais ſi cela eſt vrai, quelle fureur de vous prodiguer à l'impreſſion ! que ne conſervez-vous à l'ombre, la fraîcheur de vos lauriers, ſans les expoſer à ſe flétrir aux rayons d'un ſoleil trop éclatant ? joüiſſez d'une gloire que perſonne ne vous diſpute ; ſuivez la deſtination naturelle de votre ouvrage, ne vous montrez que de loin, contentez-vous d'éblouïr, & ne permettez pas qu'on vous touche, qu'on vous tâte, qu'on vous manie, qu'on vous conſidere de près & de tous les côtez.

J'avoüe qu'il y a deux ſortes de beautez ; l'une qui eſt exterieure & qui conſiſte dans la ſeule apparence. Telle eſt une étoffe qui brille de loin, & de près eſt affreuſe ; tels ſont les faux diamans qui reluiſent aux flambeaux ; tels ſont ces châteaux de carton, bâtis de moëlon & de plâtre, qui de loin annoncent la demeure de quelque Prince ou de quelque Fermier general, & qui, lorſque vous aprochés, ne vous offrent plus que la maiſon d'un Bourgeois, ou d'un Gentilhomme. Ces beautez exterieures & purement apparentes n'en meritent point le nom ; ce ſont des beautez fardées.

La veritable beauté eſt la beauté intrinſeque & réelle qui eſt indépendante du point de vüe. Ce tableau, s'il eſt correct, eſt toûjours beau en lui-même, quoiqu'il demande d'être placé dans ſon jour. C'eſt que le tableau eſt un compoſé de couleurs ; le jour eſt en quelque ſorte intrinſec à ſa nature. Mais un ouvrage d'eſprit n'a point un merite ſolide & veritable, s'il ne plaît qu'aux yeux éloignez, s'il ne charme que les oreilles, & s'il a les reflexions des connoiſſeurs à redouter. Autrement ce ſeroit reduire l'art d'écrire & ſur tout l'art dramatique à une pure Charlatannerie.

Pour ce qui eſt de l'auteur de *la reponſe à Monſieur, &c.* il m'a paru ſe tromper, & n'être pas exact dans quelqu'un de ſes raiſonnemens. Ce que j'ai établi dans le premier *Paradoxe* eſt ſi net & ſi demonſtratif, que je me flatte qu'il changera de ſentiment, ſi cet écrit tómbe entre ſes mains. C'eſt néanmoins beaucoup préſumer d'un homme qui a oſé écrire : *que M. D. L. M. ne paſſera ja-*

*mais pour avoir une mauvaise diction, que sa pro-
se est élegante, que sa poësie est énergique, noble &
aisée, & qu'il n'a point donné d'ouvrage au public,
qui ait eu un mauvais succez, qui conclud enfin,
que les vers d'Inés ne sont ni durs, ni mal con-
struits, que les expressions n'en sont ni louches, ni
vicieuses, & que cette Tragedie doit être regardée
comme excellente dans toutes ses parties.* Quel triom-
phe inesperé de convertir un tel homme !

FIN.

J'Ay lû par ordre de Monſieur le Garde des Sceaux un manuſcrit intitulé *Paradoxes Litteraires au ſujet de la Tragedie d'Inés de Caſtro*, dont on peut permettre l'impreſſion, à
Paris le 3. Août 1723.

CHERIER.

LOUIS, par la grace de Dieu, Roi de France & de Na-
varre, à nos amez & feaux Conſeillers, les Gens tenants
nos Cours de Parlement, Maître des Requêtes ordinaires de notre Hôtel, grand Conſeil, Prevôt de Paris, Baillifs, Sene-
chaux, leurs Lieutenants Civils & autres nos Juſticiers, qu'il
appartiendra : Salut, notre bien aimé NOEL PISSOT, Li-
braire à Paris ; Nous ayant fait ſupplier de lui accorder nos Lettres de permiſſion pour l'impreſſion d'un Livre qui a pour titre
Paradoxes Litteraires au ſujet d'Inés de Caſtro ; Nous avons
permis par ces Preſentes audit PISSOT de faire imprimer le-
dit livre en telle forme, marge, caractere, conjointement ou
ſeparement, & autant de fois que bon lui ſemblera, & de le vendre, faire vendre, debiter par tout notre Royaume pendant le
tems de trois années conſecutives, à compter du Jour de la dat-
te deſdites Preſentes ; Faiſons défenſes à tous Libraires, Imprimeurs & autres perſonnes de quelque qualité & condition qu'elles ſoient d'en introduire d'impreſſion étrangere dans aucun
lieu de notre obéiſſance, à la charge que ces Preſentes ſeront
enregiſtrées tout au long ſur le Regiſtre de la Communauté des
Libraires & Imprimeurs de Paris, & ce dans trois mois de la dat-
te d'icelles ; que l'impreſſion de ce livre ſera faite dans notre
Royaume & non ailleurs, en bon papier & en beaux caracteres conformément aux Reglemens de la Librairie ; & qu'avant
que de les expoſer en vente, le manuſcrit ou imprimé qui aura
ſervi de copie à l'impreſſion dudit livre ſera remis dans le même
état où l'approbation y aura été donnée, ès mains de notre
très-cher & feal Chevalier, Garde des Sceaux de France, le
ſieur Fleuriau Darmenonville, & qu'il en ſera enſuite remis
deux exemplaires dans notre Bibliotheque publique, un dans
celle de notre Château du Louvre, & un dans celle de notre très-cher & feal Chevalier Garde des Sceaux de France, le
ſieur Fleuriau Darmenonville, le tout à peine de nullité des

Prefentes; Du contenu defquelles Vous mandons & enjoignons
de faire joüir l'Expofant ou fes ayans caufe pleinement & pai-
fiblement, fans fouffrir qu'il leur foit fait aucun trouble & em-
pêchement, & Voulons qu'à la copie defdites Prefentes qui fera
imprimée tout au long au commencement ou à la fin du livre,
foy foit ajoutée comme à l'original; Commandons au premier notre Huiffier ou Sergent de faire pour l'execution d'icelles tous actes requis & neceffaires, fans demander autre per-
miffion, & nonobftant clameur de Hajo, Charte Normande &
Lettres à cé contraires; car tel eft notre plaifir. Donné à Paris
le dixiéme jour du mois de Septembre, l'an de grace 1723,
& de notre Regne le neuviéme. Par le Roi en fon Confeil.

CARPOT.

*Regiftré fur le Livre V. de la Communauté des Libraires
& Imprimeurs de Paris, page 352. N°. 632. conformément
aux Reglemens, & notamment à l'Arrêt du Confeil du
13. Août 1703. A Paris le 13. Septembre 1723. Signé,*
BALLARD, Syndic.